A Sandra y Stephane
M. A.

Otros títulos de la misma serie:

FANTASMAS, manual de instrucciones
SUPERHÉROES, manual de instrucciones

Puedes consultar nuestro catálogo en
www.picarona.net

PRINCESAS. MANUAL DE INSTRUCCIONES
Texto: *Alice Brière-Haquet*
Ilustraciones: *Mélanie Allag*

1.ª edición: febrero de 2017

Título original: *Princesses. Mode d'emploi*

Traducción: *Joana Delgado*
Maquetación: *Montse Martín*
Corrección: *M.ª Ángeles Olivera*

© 2012, Éditions Glénat por Brière-Haquet & Allag
(Reservados todos los derechos)
© 2017, Ediciones Obelisco, S. L.
www.edicionesobelisco.com
(Reservados los derechos para la lengua española)

Edita: Picarona, sello infantil de Ediciones Obelisco, S. L.
Collita, 23-25. Pol. Ind. Molí de la Bastida
08191 Rubí - Barcelona - España
Tel. 93 309 85 25 - Fax 93 309 85 23
E-mail: picarona@picarona.net

ISBN: 978-84-9145-021-4
Depósito Legal: B-1.238-2017

Printed in Spain

Impreso en España por ANMAN, Gràfiques del Vallès, S. L.
C/. Llobateres, 16-18, Tallers 7 - Nau 10. Polígono Industrial Santiga.
08210 - Barberà del Vallès (Barcelona)

PRINCESAS

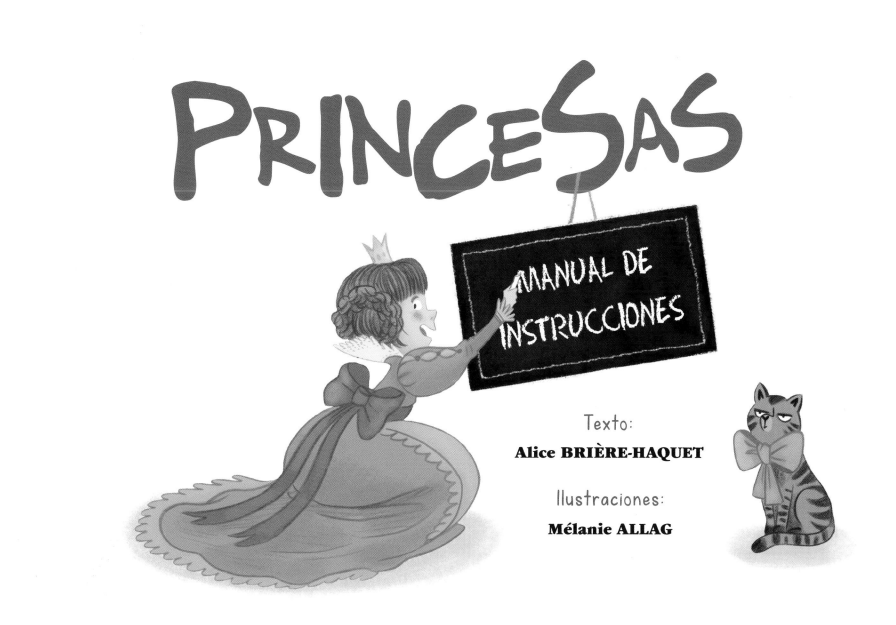

MANUAL DE INSTRUCCIONES

Texto:

Alice BRIÈRE-HAQUET

Ilustraciones:

Mélanie ALLAG

 Picarona

¿Has adoptado a una princesa?
¡Enhorabuena!
Aquí tienes 10 lecciones
para que crezca grande y bella.

 Lección 1

¿CÓMO ELEGIRLA?
Sé cauto a la hora de elegirla:
comprueba la corona,
la sonrisa y los pies.
Si tiene aletas,
es que te han engañado...

Lección 2

¿CÓMO ALIMENTARLA?

Prepárale a tu princesa
un revoltillo de cereales,
caviar, chocolate, fuagrás...
No importa lo que añadas siempre
que sea de primera calidad.

Lección 3

¿CÓMO VESTIRLA?

Las princesas, como es bien sabido,
adoran los vestidos bonitos...
Pero guárdate tus ahorros
y deja que trabaje
su hada madrina.

Lección 4

¿CÓMO LAVARLA?

Cepíllale el cabello a menudo,
lávale bien los dientes
y elige para ella la crema de belleza más cara,
si no, *¡catacronch!*: se convertirá en una bruja.

Lección 5

¿CÓMO ENTRETENERLA?

Para mantener la talla
hay que hacer ejercicio...
¡Búscale una madrastra
que la obligue a hacer la limpieza!

Lección 6

¿CÓMO EDUCARLA?

Es muy difícil instruir a una princesa:
nacen bonitas, ricas y sociables,
¡pero sólo hacen lo que se les antoja!

Lección 7

¿CÓMO INSTALARLA?

Prepara a tu princesa
una montaña de colchones,
con unos edredones bien mullidos.
Pero, sobre todo, ¡ni un solo guisante!

¿CÓMO DEBE DORMIR?

Las hay que no duermen nunca
porque prefieren bailar...
¡Pero hay otras que llevan roncando cien años
a la espera del príncipe encantado!

¿CÓMO HACER QUE SE REPRODUZCAN?

Para que tengan bebés
no hay nada más complicado:
hace falta un príncipe rico y guapo,
y, sobre todo, con forma de sapo...

¿Y EN CASO DE CRISIS?

¿Qué tu princesa ya no está? ¡No te preocupes!
Ya se esconda bajo la piel de un asno
o en casa de sus amigos los enanitos,
al final siempre vuelve
con un príncipe, sobre un gran caballo blanco,
para casarse y tener muchos hijos.

GALERÍA
DE LAS
Princesas

¡Shhh!

Bzzz
Bzz

La princesa
VAYARUIDO

BONITA Y EDUCADA,
PERO CON UN OÍDO
MUY SENSIBLE.

La princesa del GRAN NABO

CIERTAMENTE MENOS DELICADA
QUE SU PRIMA LA DEL GUISANTE...

La princesa
ROSA FLUORESCENTE

ULTIMÍSIMO MODELO
OBTENIDO MEDIANTE
CRUCES DE ADN.